Tío Conejo y Tío Tigre

Cuento tradicional de
la zona del Caribe

Lada Josefa Kratky

NATIONAL GEOGRAPHIC LEARNING | CENGAGE Learning

Hace muchísimos años, Tío Tigre y Tío Conejo eran amigos. Esto se debía a que Tío Conejo aguantaba mucho a Tío Tigre, que siempre andaba haciéndose el sabelotodo. Una mañana los compañeros decidieron salir de paseo.

—Vamos hacia el occidente —dijo Tío Tigre con aire de profesor.

Los amigos caminaron, y al rato Tío Tigre sugirió entrar a una huerta y descansar a la sombra de un árbol.

—Hay acceso por este portón —dijo.

Tío Tigre caminó a la sección de la huerta donde crecían los cerezos. Se acostó debajo de un cerezo y se puso a examinar el árbol debajo del cual descansaba. Acabada la inspección del árbol, Tío Tigre suspiró.

—Mire, Tío Conejo. ¡Qué árbol más alto y qué sombra más amplia que da! Pero mire esas frutitas. Son exquisitas las cerezas, pero chiquititas de verdad.

—Así son —contestó Tío Conejo—. Esa es la verdad.

Los compañeros siguieron caminando hasta llegar a otra huerta. Decidieron entrar y descansar otro rato. Esta vez, Tío Tigre caminó a la sección donde crecían unas higueras y se detuvo debajo de una.

Otra vez Tío Tigre examinó el árbol con cuidado.

—¡Mire, Tío Conejo! —exclamó Tío Tigre—. Este árbol es más alto todavía. ¡Pero qué chiquitos son los higos!

—Es verdad —contestó Tío Conejo—. Así es.

Al rato, los compañeros siguieron
caminando hasta llegar a otra huerta.
Esta vez Tío Tigre se dirigió a la sección
donde crecían unos ciruelos. Los amigos
se sentaron a la sombra de uno de ellos.

—Mire, Tío Conejo —dijo Tío Tigre—.
Este ciruelo es grande y frondoso, pero
las ciruelas son bien pequeñitas. ¡Es
extraordinario!

—Ajá —dijo Tío Conejo, ya aburrido
de la reacción de Tío Tigre y de su
conversación.

Tío Tigre empezó a examinar sus alrededores.
Vio los diferentes vegetales y frutos que crecían
en la huerta. Vio melones, sandías y calabazas.

Al rato exclamó:

—Tío Conejo, ¡todo está al revés!

—¿Cómo es eso? —preguntó Tío Conejo.

—Pues, mire —contestó Tío Tigre—. Usted
es chiquitito, pero tiene orejas enormes. Y yo
soy grande, pero tengo orejitas chiquitas. ¡Está
todo al revés! Y mire esas riquísimas sandías. Son
enormes pero crecen en una mata bajita.

En ese momento, por accidente, una ciruelita le cayó en la cabeza a Tío Tigre.

—¡Ay, mi pobre coquito! —exclamó Tío Tigre.

—Pues, Tío, ¿le habría gustado más si esa hubiese sido una sandía?